U0054788

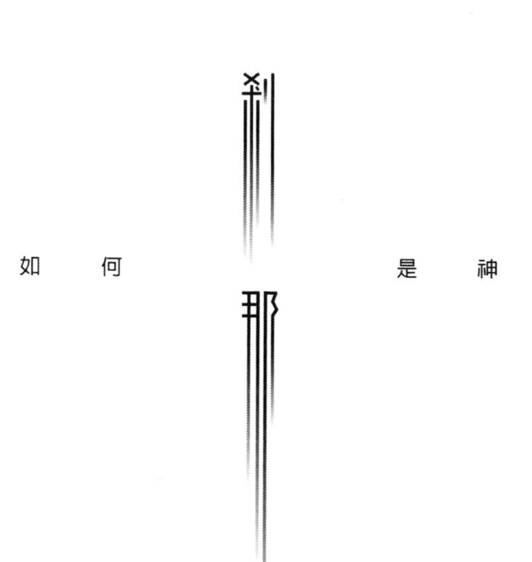

曾魂 詩集

目次

I

II

III

IV

【推薦語】

年輕詩人對生命的躁動、對生死哲學的叩問，透過洛夫的文字呼吸，周夢蝶對時間的喂嘆，形塑了屬於自己的詩歌樣貌。始，終，輪迴的哲思長流中，有一灑脫的身影，正泅游上岸……

——詩人　顏艾琳

【推薦語】

曾魂的詩，若陰陽師手中初成的結界，如獵人正削尖的箭矢，像臥龍剛興起的東風，及戀人眼裡剎那的光；他正凝練時間與思想，學習忿怒、相愛與悲傷，並將文字馴服成一群銳利的蒼狼——詩人或許相信，無論此刻與未來，他都已是狼王。

——詩人 謝予騰

【推薦序】

剎那，是神——序曾魂《剎那如何是神》

曾進豐

來自香港的曾魂，一頭及肩捲髮，極其清秀的臉龐，猶如一首值得慢讀細品的詩。他癮於詩，甘於被詩俘虜，心魂浸潤其中，眼神煥發穿透的光亮，讓人無從迴避。

《剎那如何是神》收錄五十首詩，分Ⅰ至Ⅳ卷。曾魂努力創造隱喻，孜矻於技巧的揣摩演練，而不刻意耍弄、炫奇，不聳動標新；立意從「如何」發端，懸問、提問、激問……連番鋪展，追索時間、溝通永恆，觸探神的世界。舉凡青春記事、愛情憧憬迷惘、人文風景巡禮，和人類社會政治的殷殷垂注，視域宏闊寬廣，且處處發現驚奇。卷Ⅰ，刻畫為詩寢饋痴狂的情狀，並宣示詩人身分。開宗首篇，將出征的語族命名為「神」，蛇族匿於漫漫雪地，苦待孵化：

復生並裸裎在起霧的窗口
相對於城邦的邊緣位置
長舌捲起冰的眼球
緣時序爬行，觀看方圓
轉世前，吐出一個省略號（〈蛇之身分〉）

自居邊緣，周旋在時序、方圓之間，一條永無止盡的征途，終點是未完待續的省略號，故繼之以〈創造論〉。一切源於想要、需要，終始纏縛，〈約期贖回〉典當時間，以生命作保；〈漂浮木〉自剖耽溺的心靈：「闔上眼睛是河／一塊斑駁的木頭刻滿隱喻」，時時刻刻焦慮於「字掉落水中／來去勢不靠岸」的承諾；〈解剖文本〉自我鑑照，論評得失：「只要肉裡有象徵／象徵裡有骨，骨中／有水火不容的辭彙／只要讀者愛之欲其生／將定下他們喜歡的註解」，讀詩務必還原未乾的水滴、看見落下的燼，方能透知詩心隱微。

「身分」的認同，迭見各卷，諸如〈脫下的遊戲〉、〈小人偶的國度〉、〈傳奇儀式〉等，而〈畏罪的S先生〉，服刑前夕，「叼著以筆名自居的身分證／黑色詩集緊握手中」，純屬驗明正身。智利詩人聶魯達（PabloNeruda,1904-1973）嘗說：「詩就是隱喻。」，曾魂秉持直覺、浮想孤寂，隱喻一詞穿行〈未央〉、〈秋之否定〉、〈漂浮木〉、〈煮字的男孩〉、〈剎那如何是神〉、〈你的隱喻終也不可思議〉及壓軸詩〈我們的影子〉之間，而〈拊耳在你們不曾忘卻的海岸〉更兼用二詞。隱藏本為詩人所擅長，唯「身分」、「隱喻」的偶然示現，恰可作為詩思本質的密碼和線索。

曾魂樂與詩友交流頡頏，尤勤於汲取前人豐碩資產，傾心洛夫魔幻超現實和天涯美學的千姿百態，不論剛猛、暴烈、焚熱，或禪悅、靜美、悟識，總為之神魂顛倒。詩美的同感共鳴，促使曾魂浸潤在孤獨國度，聆聽盛世迴響，期待另一個美學時代的來臨——〈剎那如何是神〉禮敬簷下詩僧周夢蝶，詮釋〈孤獨國〉名句：「我是『現在』的臣僕，也是帝皇。」；〈拊耳在你們不曾忘卻的海岸〉記「創世紀」詩社六十週年尋根，引瘂弦語作小序，末句：「如一顆卵，長出月升的意義」，意謂著承傳。絕妙的是〈誰〉一詩，與陳育虹展開一場文學的、美學的、哲學的淋漓談辯。陳氏同題詩（《其實，海》p74-75），主句：「念佛是誰」，其後，逐句依序由上遞減一字，而句與句問以「〇〇」兩行隔開。設若在「〇〇」處填入「是誰」，整首詩儼然「誰是誰」的永恆天問。曾魂則在「是」之餘增添「不是」，層層纏繞糾結，同時打破分行形式，改採散文詩體呈現：

他不是他而是祂不是她而是祂不是他們而是祂們不是她們而是祂們不是我們而是祂們而我不是他不是她不是他們不是她們而是祂？

他是祂我是祂，則他是我我是他是祂，究竟誰「是」誰或誰「不是」

誰？以「？」收束，緊扣題意，撐起全詩重量，似乎回答了一切，又等於什麼也沒說。

曾魂頗為講究詩藝，連一個小小的標點，亦不輕易放過，〈誰〉之外，〈秋之否定〉可為典型例子。詩分三節，前後節以「沒有說是」領起，第二節彷彿秋雲被渲染暈開，擴散成九個「也非」。各節重複點題，最終停頓在「？」，且單獨成行。如秋之醒目、高遠和曖昧，該「如何」說秋呢？

卷 III〈寫詩的老婦人〉，為電影《生命之詩》觀後迴響。老婦人罹患阿茲海默症，逐漸遺忘生活，連帶回憶失能，她選擇「砥礪習字」，以書寫抵抗疾病，做為存在的證據。她「頭戴帽子，身穿花裙／像一朵雞冠花血染的／姿態。」在唯一的詩中，她：

不斷摘寫詰問
之於死去的女孩
之於作孽的孫兒
之於偽善的男人
之於無妄的老人
之於自己
之於，詩的開始

生活的橫逆險阻，和身體的病痛折磨，抑遏不住詩因子的蠢動與迸發，老婦人藉詩浮雕生命刻度、尋求救贖，苦難的生命竟翻轉為動人的詩篇。如是姿態、持續激問，未嘗不可視作詩人的自我對話。

〈煮字的男孩〉隱喻另類愛情。第二節寫道：「炊煙裊起篆字／他設宴在蕨類植物旁邊／端出圓大的瓷盤／不一定為了療飢／可能是為了煮出／兩份，孤獨的口感／而總有另一個男孩／對坐飯桌的另一端／遞臂舉著，夾起／入口即溶的句點」，句點象徵圓滿，詩與愛情等值，有賴兩人建構美好，因為孤獨兩份，入口即溶。〈摩托車上〉、〈你的隱喻終也不可思議〉、〈我們的影子〉等，皆當解作愛情物語。詩寫地理地景地貌，側記一個香港遊子的台灣行腳，主要集中在卷III，諸如〈浮・潛〉記小琉球：「海，在眼睛之外／一隻比神話巨大的綠蠵龜來去自在／過萬的七彩旗幟／擺盪在藻荇間，隨浪亦隨緣」，島嶼雖小，海底繽紛多彩。〈台11線〉縱貫花東，漫長的海岸線，「編織編織，織成一張生活／日出起航隨昨夜雲圖／一趟一迴一轉／網裡捕獲十公斤肥美的聖物／網外是百年信仰」，婦人們「早收好鹹味的影子／等待掛起／等待晾乾深藍的心事」，連影子也沾染鹹味，生活之艱辛可想而知。還有〈野狼獨白〉裡的港都。另外，卷I〈拊耳在你們不曾忘卻的海岸〉，出現紅毛港、貨櫃、甲板和南風等南方意象；卷IV有〈愛河〉。

曾魂並不遁入文學宅間，不食人間煙火，反之，細膩銳敏的觸鬚，頻頻投向醜陋現實，乃至國際社會議題也偶見入詩，卷II〈茉莉花的告白——致敘利亞因黑風而墜落的每一瓣落花〉可為代表。首尾皆單行成節，從「你說，他們應否相傳？」的猶疑徬徨，至「你說，我們努力相傳」的篤定信仰，頌讚自由民主普世價值，深蘊人道主義精神。中間兩節各二十一行，衍繹歷史意識，悲痛、憤怒而震撼人心：「那年十二月的冬／燃起了北非的花香／關於一個穆罕默德氏的人／所有最華貴的嘶吼／在阿拉伯的天空／裸裎，在城內／無處不在的那些銅像前／再度以古老的語言／還原隱匿於權力的傘下／被萎靡的世代遺忘的光／直至尊屬神明的聖月」，人民起義反政府示威，演變成大規模騷動，坦克毀壞古老文明，祖靈歸返無處。婦人們忐忑顫慄，長夜佇候，不聞熟悉的跫音：

每一襲寡婦的黑裾
已開滿雛鳥閃閃斑駁的淚
黑風的來襲，倘若
鏗鏘如此，他們啊
已無卑微與受死的緣故
當灼熱的聲音被幽禁
當雙手被綑綁的落花 遍布了河

反覆吟詠上引詩行，誰能麻木不覺、無動於衷？

廿一世紀詩壇新人輩出，要被聽見、看見，很難；但，要不去注意曾魂，也不容易。曾魂自比獨步港都的狼，登場後不落俗套地展演，城景意在言外，弦外之音裊裊不絕。「搜神」儀式刻正展開，縱然祂是如此善於匿藏、變形；刹那，是神，祂一直都在。

【序詩】——〈水歌〉

篝火靜了，陸終於此
聽見水在這裡
在這裡而始。默默唱誦
如儀式中血的一聲獨白
四月的書房醒來時
天空依然是天空
海最懂得藍色的本質
桌燈尚未閉目，拭幹眾星的泡沫
白燈塔，早已跪在西峰合掌

夏日晨光是一根弦，奏起盤坐的身體
魚成群且洄游跕間

在身體完全透明以前，尚記得
記得木質的胸口坦露著紙
拈起並寫上草率的音節
刮下一道水紋
把兩面的礁岩對摺
滴下的細節，是鹽味的心事
攤開如新世界
記憶在手掌之中
自己在風聲之外

I

I

蛇之身分

失溫的季節裡
匿於枕下漫漫雪地
忍痛地孵化——
一個善戰的孩子
字典定名為冷血動物
他者定名為出征的語族
我定名為：神
復生並裸裎在起霧的窗口
相對於城邦的邊緣位置
長舌捲起冰的眼球
緣時序爬行，觀看方圓
轉世前，吐出一個省略號
「……」

I

像對抗哺乳類的宣言
像一段經文
像一則笑話

I

創造論

因為想要
祂捏塑了我們之前
因為需要
我們捏塑了祂之前
因為想要
祂捏塑了我們之前
因為需要
我們捏塑了祂之前
因為想要
祂捏塑了我們之前
因為需要
我們捏塑了祂之前

I

誰

他不是他而是祂不是她而是祂不是他們而是祂們不是她們而是祂們
不是我們而是祂們而我不是他不是她不是他們不是她們而是祂？

I

未央

墨水何時暈染成海
愛何時抵達
忘了。我也忘了
花季如是終，如是始
大魚隻身繞了百劫千世
藻類的隱喻
常在纏縛

I

鬥魚

上帝從眾星裡千挑萬選
選了一個水缸予我，一個
唯一的。水缸
鏡面臨立，世界可鑑
太陽下，在透明的日子裡
在這裡我在這裡曝光
被分類——鱸形目、絲足鱸科、搏魚屬
我是，被淡水豢養；
他們非我族類，聚蹙時成三或成五
捨不得藻荇間的氧氣
吐露笑話和哭聲

I

而我永遠是「一」，且練習捨得
凡以鬥士之名遺世
四方既無魚可鬥
搖尾擺鰭以己為敵
練習如何在相對中泅游
如何吸氣在仰見的水面
如何呼出孤立的語言
如何可以藍得自在

I

約期贖回

繆斯把每天當成你的生日
午後醒來時，夢是未醉的筵席
枕邊總有一個又一個垂翼的
寶盒。玻璃杯裡沒有酒
時鐘攤軟，你來不及
拆禮、觀賞和摩挲何況
把水靈的蝶翅在墨硯上
推磨與書寫並襟裝成詩
已一一撕掉，拿去典押
或許美的重量相值於半根分針
當舖的老闆手持沙漏和鐮刀

I

逢物必收，確可約期贖回
如願地你度日如年
後來，後來度過六十大壽
你帶著剩下「二十年」的儲蓄找他
曾所相換的尚能贖回？
抵押品已變賣。他說

I

河岸的長詩

昨日，河吞進了漂浮木
今夜把字逐個唾下
在濕長如墨跡未乾的
潮間帶。我沿岸俯首
水淹及膝時，回頭
讀礁石之複寫
一個、十個、三百個佈滿苔蘚
南風始終無可吹動。任由
任由獷房開設
任由自己孳生
任由漁人挖鑿

I

拊耳在你們不曾忘卻的海岸

——謹為《創世紀》詩社六十周年之尋根之旅，致我此生所敬愛的你們

「不是我多厲害，是我接觸的人很厲害；不是我多了不起，是我接觸的時代很了不起。」——瘂弦語

慶幸黃昏尚未離席
摘下一朵岸邊未謝的記憶
作為芯，以來客之氏
燃起點火者之姓
那是懸掛白色船艇上的
一盞身分
時序始終沒有拋錨
始終沒有。而我

在這裡在燈下
拊耳在你們不曾忘卻的海岸
聆聽滲水的夢境
如何行經貨櫃的陣形
如何以新的首句
抵達紅毛港的彼端且卸下
一則隱喻，永遠地
擁有濕度像沒有被淹沒的魚尾
關於航行
是必然的。你說
甲板上發光的聚攏是偶然
偶然我聽見

I

把兩只耳朵紮根水中
南風吹起——
如一顆卵，長出月升的意義

I

一張星圖之佈成

噬夢後，嘔出滿地字元
逐個撿起逐個填入
雲外彼端空置的行軌
確認有亮光
一張星圖之佈成

I

真空狀態

如果能抽走空氣中
生活之必要備註
而釋出一個輕輕的
句點。
我將比殞石更早
完美落地

月下盤繞

禿鷹無眠，架起黑色的雲朵
久久盤繞夢畔
而一顆腐化的枕頭
尚未浮升

I

秋之否定

祂沒有說是
遂把天蘸成藤黃色，一口氣——
把雲朵吹成弓型
我用一枝墨水筆
加一顆圓點在雲底
那也非岸邊之夏威夷海灘
也非北國晚空之一道極光
也非蟬之唧唧
也非蛇之鼾息
也非辭典裡之一個詞彙也非
一則隱喻之注解
也非一個逗點
也非一個句號

I

也非
秋啊，祂沒有說是
說可秋，就非常了
如何讓它飄往遠方遠方
？

卵

有幾個裸奔往岸邊的人
順序躍身投海
肉上的刺青以及
骨中的主義
滅於水底此處便成
魚。排出卵
孵化為冷的眼球
浮升水面
八方溯回凝望小城

I

漂浮木

闔上眼睛是河
一塊斑駁的木頭刻滿隱喻
逆流浮行
無風時，停在枕陲打轉
字掉落水中
來去勢不靠岸

I

解剖文本

再小的情節始終會形成自傳
是一個龐大的文本
被公開評審
從沒打算集字成書
可惜有些現成的快樂
就算倒往黑色的河溪；
可惜有些曾經的感傷
起火燃掉。卻
無可曬稱為無痕的
草稿，抽屜上鎖時必然
邊緣有未乾的水滴

I

甚至落下了燼。
他們適時蒞臨舍下
當然比主人的步姿堂皇
何需誰來迎客不需
誰來允許
入房、解鎖、翻閱
從生活的結構裡
下手解剖未死之主題
也沒有關係，吧。
只要肉裡有象徵
象徵裡有骨，骨中
有水火不容的辭彙
只要讀者愛之欲其生
將定下他們喜歡的註解

直守的生存練習

天黑以前，風勢必不放軟
生活如果太重
也不過任其風化成石
始終我們不欲捨棄
晚上躲在書房來避開風頭
取燈煉火，鑄意念為刀
可能是沒有辦法的
辦法。依循石上
像行程表一樣紊亂的紋路
切，割，
不等的形狀一塊還有一塊
（很難是井然有序的方體）
在光亮的切面上特別

I

用陶文刻字以名氏封存
關於濕潤的白日夢
僅此堅稱：直守的
生存練習

速寫

起風時意料不及
用最快的速度搜出筆
截取花豹一瞬穿越時序的
身體。斑點成線線成面
乍現三秒如何得以描繪？
當思慮尚在構成
絕美的印象，只剩下
一根
斷落的毫毛
剩下總有一根，可難以全然
目擊野性本色

畏罪的 S 先生

S 先生最終被捕
被控偽造證件、試圖脫離族群與
竄改城市地圖
之罪名。在法庭上
接受人（非神）的審判
他放棄辯護
控方律師憑藉他愛和被愛的人
種種致命證供
直指寂寞無罪，卻
切不可。孤獨。
最後，法官宣判：
「罪名成立，判處……」

I

聽審的人沒有停下喝采
服刑前夕，S 先生被發現
像一條去鱗的魚
攤放在遠郊的渡頭
叼著以筆名自居的身分證
黑色詩集緊握手中。
送院後不治
嗯，疑似某齣喜劇的情節

I

煮字的男孩

城市很蒼老，糊狀的
街道鋪上一層乳翳。
相對肉質的饕客
相對雪藏的慾念
煮字的男孩，尚且年輕
因此決定另起爐灶
晚上，一個人。回到書房
綁好無垢的圍巾
洗淨手繭以保留潔癖
溫存的木桌，易於燧火
他用幾何的格子煉出鋼鍋；
斟下黏稠的情語
把生活調至微溫；

慢慢地等，慢慢
精純之熱度；
放進一片腥味的
不曾刻上賞味期的隱喻
終會熬成更多，甚至愛
炊煙裊起篆字
他設宴在蕨類植物旁邊
端出圓大的瓷盤
不一定為了療飢
可能是為了煮出
兩份，孤獨的口感
而總有另一個男孩
對坐飯桌的另一端
遞臂舉箸，夾起
入口即溶的句點

剎那如何是神

「過去佇足不去，未來不來
我是『現在』的臣僕，也是帝皇」——周夢蝶〈孤獨國〉

黃昏起霧，泠雨侵蝕腳步
直至分針停擺於六點鐘
「過去」歇息於簷蓬下
「未來」尚未抵達
現在我們回到窗前
用沾水的雙手，把
時光拉得更長更長
方圓待以創造，待以刻寫
待以。我們在雨中
如何不是營役的臣僕

I

如何也非帝皇——
剎那如何是神

剎那是混沌的洪荒以前
女媧手持矩尺如同
伏羲拿著圓規
我們從抽屜拿出紙張
起初是不見方格縱橫的
一片沿經湖泊的地域
如此攤放於木質的桌上
鋪設漫漫沼澤
存有雨霧的濕氣、泥土
以及蔓生的科達樹
樹冠長出歧義的枝葉
葉尖還未冒起裊裊文明

讓謎樣的意念滋長
各種遠古生物得以豢養；
按照自己的樣式我們
用柔軟的指頭，黏貼泥土
捏造一隻巨大的陸行鯨
（也許是更多不同的物種）
牠頭頂透光，皮膚塗滿異彩
跋涉不同的危險之間
在水中呼出隱喻
在陸地悄然留下註腳

牠爬行到盡頭
比七天的晝夜還要快
世界的孤獨

漸次成型。透明的
一顆、一顆細胞
無可遁形在油墨浸漬中
未來，將再度顯現；
及後我們回到窗前
排列罐子，置入
絕色的枝葉與足跡
慢慢地封蓋
並以陶文刻寫：
每一個彷彿眾神的名字
等待放晴的陽光
等待某個風乾的年分
我們在雨後
如何不是營役的臣僕
如何也非帝皇——
剎那如何是神

給 P'z 的一封信

親愛的 P'z：

與其如同陌生人
以氟斯汀相稱，我更想
暱愛地叫你：「P'z」
想必你和我並無二致
記得在紅色的河流而始
時間纏綿得緊
我們也無分彼此
——直至近來的時光
不，或許是雨歇的今夜
有些末節關乎以後
你總需要聽見。我想

I

自從他帶走陸地的陽光
群鴉像雨點垂翼屋頂
房間裡只剩下一座
忽明忽滅的燈塔
掃亮濕漉的刀鋒如何
割斷緊繫門廊的麻繩
我的指縫之間
順流著紅色的河流
沿經牆與木桌以至
夜復夜的夢境，流得更長……
我沒有選擇離去
卻登上無槳的皮筏
枕上佈滿了苔蘚的痂
日子從此不再澄靜

I

某天浪濤捲來瓶子
我伸手從裡頭撿起了你
那時候，我們始於相約
共乘在同樣的地方
在特定的時間
每天不長過八十毫克
相擁甚至交融
我無意識地打開身體以迎
讓你傾注入內
「我們成為唯一」你說
雨點漸細，浪濤稍退
不少凹洞被撫平
航行似乎變得穩妥

可是，我還是感到目眩
肌理更顯得浮凸
夜復夜的夢境，仍然
流得更長……
我想，如果無法離開你
是否永遠無明所覆？
畢竟偌大的身體還是身體
太多的不斷已難以容納
也許是時候了
趁著群鴉暫且不發聲響
在河流與海黏合之前
有些記憶最好列寫期限

你大概也會明白

親愛的 P'z，我終將孤獨地回去

回去渡頭

勿念

友人

二零一四年五月十一日

II

新遊樂場

躲回那裡，我便撐起雲朵
那裡是否還是陽光
是否還是眼睛初認的天地？
你們像我們曾經
牽手而來但這時不再偷跑
木頭人背對笑臉，面向新世界
身體從指端滑下
一頭栽進去糖果堆
風兒提早安份或守己
蹺蹺板是水平線

II

兩串葡萄藤掛著
起鏽的眼淚，靜靜枯乾
橡膠地墊上長出新草
少了一隻掉落的鞋子

舌指

或捲縮水溝之中
舔舐尾巴的點點污蔑
或在頭上掛起牛角
向牧人推銷眼淚。或讓一張
履歷表，像尖銳的鳥啄
複製誰的言辭
條目分明但沒有細節
或匍匐時吐出長長——
毒舌，吞噬建築群
或架起木製的翅膀
站在天台最高之最高處宣稱
與太陽比鄰的關係

II

或有一種姿態更簡單
相對活像一個
人。在房間割下舌頭
安恬是幅自畫像

萬物之母

祂以樹靈之名監護孩子
終於我們快高長大，學會了文明
終於伸首開口，說出——
如煙的狂言。祂站著
流下飛湍瀑來
身上的年輪在發酸，未及風乾成痂
母親的生命很硬你說
那些有關係的都沒有關係
包括痛
我們忤逆地相信

脫下的遊戲

誰也是玩家誰也可以
莊家卻是一個概念絕對
玩法不離價值相換
黑紙白字的規則：
無非在每個回合裡
輸的一方脫下
一層一層直至底層再也無法
保留的黃牌，為止。
他早已一絲不掛但好像
遊戲尚未真正結束
在西裝、襯衫、背心底下
尚有本身的意義。必然

要被抽剝，像一張
被公開審視的撲克牌
如是要繼續輸下去
脫下週而復始地脫下
脫下所謂的獨幟身分
脫下所謂的鮮紅色
脫下所謂的圖騰
脫下所謂的字
脫下所謂的
脫下所謂
脫下，
他知道他剩下的不多
可能只剩下唯一，可是
誰又滿足於審視這樣的裸裎？

大魔術師

過程非常重要
如何吐絲如何結網，如何
拾級而上在懸宕的
陣圖上避開黏稠的謊言
大魔術師心裡有數。
始終感念並敬畏偽術
只要步驟無誤
生活看不穿破綻便成真
結果完美
在手中攤開撲克牌如此隨性
「選取一張吧。」你說

II

她很慎微，抽出了方塊七
相信自己雪亮的眼睛無疑
僅此一張，記著必然是
順乎自然的指認；
你把它放進紙牌堆中
切牌、洗好，不必眩目的手段
和說辭。方塊七即將
掉進宇宙像篤定的意念離開
誰也無法追索誰也無法……
你笑了笑，掀開紙牌堆的第一張：
「黑桃六，是嗎？」不是，
當然。翻面把它
放進她的手掌心

II

重新洗牌再攤開紙牌
悉數俱在當然除了
記著的：方塊，七
已換進她掌握的已知。
秘密的意義在
沒有欺瞞的人從來
只有觀眾
還是喜歡一次
再一次自投羅網

小人偶的國度

他們問：「孩子，你可知道最大最大的國
度？」
「不知道啊，那裡有許多人吧。」你說

聽聞那裡擁有四十億人口
（稱之為「leg godt」）
土地還沒有界限線；
身分是不必要的證件
——國度攤放床上一隅
想及，已是千頃天地
廿一世紀的天空下
遠古獵人駕馭未來的武艦
行經凸凹的沙漠

II

國王是你
隨心以彩虹的磚瓦
串連故事始末
小小的世界堆疊而成
牆燈亮眼，晚風拈來微笑
旗幟搖盪在夜裡
那時候，尚未制定
白色的黑色的複雜遊戲
誰可霸道地說定輸贏？
直至火車沿時序駛進
旗幟倒地，世界被推翻
每片意義散落地板
是否你將淪為平民？
他們忘了告訴你

II

新的遊戲，有新的國王
曾經最大最大的國度
將收進床底
黑白漸漸分明，省掉更多
你的小人偶的顏色

茉莉花的告白

——致敘利亞因黑風而墜落的每一瓣落花

「在這個時代，我們目睹了／死神如何哺育大地／水如何對水背叛
不忠」——敘利亞詩人阿多尼斯

你說，他們應否相傳？
那年十二月的冬
燃起了北非的花香
關於一個穆罕默德氏的人
所有最華貴的嘶吼
在阿拉伯的天空
裸裎，在城內
無處不在的那些銅像前

II

再度以古老的語言
還原隱匿於權力的傘下
被萎靡的世代遺忘的光
直至尊屬神明的聖月
時間：緩緩旋進這城
（死亡則以光速投擲）
——怦然聲響
信眾的祝禱因而迸裂
坦克站成史前的巨石陣
與低飛的禿鷹
密謀啃噬
偃臥於寺外的一具
一具、一具
被肢解的文明
「我祖原是一個將亡的亞蘭人」

II

往埃及；往土國，他們
歸途這辭彙有多繞口？
而無月無星的地洞裡
佇候的夢兀自躲藏
包裹著許多顫慄的長夜
晨色的跫音未至
每一襲寡婦的黑裾
已開滿雛鳥閃閃斑駁的淚
黑風的來襲，倘若
鏗鏘如此，他們啊
已無卑微與受死的緣故
當灼熱的聲音被幽禁
當雙手被綑綁的落花遍布了河
一個權杖，終究

II

相值於幾公噸的鮮血？
不曾淌血的你說
再別口號式的憤怒
再別鏡頭下的符號
謹記一切他們眼前所指認的
是的，那些告白
你說，我們努力相傳

貓的第六處

這時已沒有黑色的牆隅
容不下，半點僅有的
屬於貓的留白
——如此我們的身影
分別被張貼街頭，在黎明之前
只因你們的眼睛
尚且過於暴戾，眈眈
在盒子打開的時空之外
像是猖獗的強盜埋伏
趁著登入與離開之間
流湧入內，展開癌的企圖
侵奪巷子所有，原始的

秘靜與幽微的自囈
花貓如何躲避，如何隱身？
而與潔癖和隻身的因子孿生？
當小小的世界沒有馬賽克
那些柔軟的語言，甚至
只是未及長成毛皮的鼻息
以及慾念，不曾經過小心梳理
已被拔擢，製成腥味的標本
發行（你們總是嗜於欣賞標本）
那些自舐的習慣，仍是底片的顏色
不曾經過沖洗漸次顯像
最後被剪除，在大街上
坦露出每一根斷裂的觸鬚
傷口尚在你們的笑聲中

II

風乾，結疤……
而我們不過想尋找
在這過於明亮的聲音中
黑色的第六處

浮・潛

——記小琉球之剎那

一個島嶼在島嶼外
顯然很小，小的裡面。卻
是深藍的領域是十之六十四次方
或更大之不可思議之世界
我浮於這裡，忘卻陸地上難寫的名氏
萬顆燈火、主義以及慾念
在微風涉過厚石群礁
的零點零一八秒
潛入綠松色的岸線
海，在眼睛之外

III

一隻比神話巨大的綠蠵龜來去自在
過萬的七彩旗幟
擺盪在藻荇間，隨浪亦隨緣

台11線

台11線十分漫長
那雙長出牡蠣的手
拿捏著海岸線
編織編織，織成一張生活
日出起航隨昨夜雲圖
一趟一迴一轉
網裡捕獲十公斤肥美的聖物
網外是百年信仰
每天，沉下夕陽在岸邊
踏實的腳步鱗光恍惚
而門前的婦人

III

早收好鹹味的影子
等待掛起
等待晾乾深藍的心事

野狼獨白

幕啟。黑盒裡
適時升起瀝青的架台
最後一場戲：關於速度之意義
月無聚光，他者提前離席
兩側猶存懸浮的
眼球如此意亂情迷
眾星不言，留給狼
登場。牠獨步港都
儘管在劇終前嚎叫的一聲
極，短。
後退的城景意在言外

六部曲

少不了慣常的手勢
分為六部曲：
一、抽出一幀白日風景
二、點燃思考
三、吸入樹靈的根
四、呼出褪色的葉
五、抖落多餘的風
六、熄掉月亮的火光
噢，應該還有「七、」
我選擇省略。
桌上的盒子會回到「一、」

寫詩的老婦人

寫詩的老婦人，除了她
課堂上無人繳交作品。
來去是否可以

紙稿之輕盛載更重的
身影，如何寫出更多？
出席因為不存在的緣故
離席因為存在的緣故
儘管言不及義，儘管
忘卻生活的名詞
以及種種動態甚至
顛沛在阿茲海默的河面
無可用回憶指南
她選擇砥礪習字

頭戴帽子，身穿花裙
像一朵雞冠花血染的
姿態。不斷摘寫詰問
之於死去的女孩
之於作孽的孫兒
之於偽善的男人
之於無妄的老人
之於自己
之於，詩的開始
起風時
她頭上丟落哭泣的帽子
始終擺盪河面
始終沒有彼岸

（備注：詩的老婦人取材自韓國電影
《生命之詩》的女主角）

來不及感傷

以雙手掬起海洋
豢養一只魚兒
讓牠擺盪黑色的尾巴
穿梭掌紋，像活靈的
旗幟標示小小的存在。
我小心穩住「世界」
端給他看；他
俯首一吹不含憐愛
小小的旗幟擱淺腕上
剎那風乾，來不及感傷

一齣小城大戲

——致好友B

太陽存證
終生合約的簽訂
一齣小城大戲續集又續集
曠日廢時，我們一起演練
從入戲的生澀
再熟習青春的把戲
招手和揮手是勢式
反覆對戲像留戀現場的
樹。台詞本來是：
「『孤獨是一座花園，
但其中只有一棵樹。』」

逐漸襲改為幾棵
逐漸將獨語變成思辨
有時彼此即興，沙沙地發笑
或暗自凋落塊狀的眼淚

四個季度為一輯
一輯要包括一集
溫馨情節。那時，
必要偽裝陌生的口吻
說幾句不必要的祝福
譬如「生日快樂」
除此以外，想說的已遺忘
憶述和期許是
時光的對白

III

反正會再續集
換個城景，換些花草串場
我們逐漸黏上白髮
再說未晚

雨欲無言

——致摯友 J

雨欲無言
十三年的銀河是否
是否已成溪？
葡萄色的血與血的交匯處
下半弦，是懸宕天譜
的休止符。眾星無語
筆墨慢慢滴落
一顆又一顆省略號
「……」
我們也許問得太多
也許談論太多

III

小城裡，嘲騷的夜早已靜默
流質的真理
涓滴涓滴地流著

III

一個人的在場證明

——致廿七歲生日的V

哨聲分秒不差
傍晚，總會落下閘門
觀眾或是提早退出
或是準時離席
無非因為變老
無非因為遺忘
可能賽事尚未結束
就像兒時遊戲
至此刻，還沒完場。你說
外面的世界大不如
球場永無方圓

III

而你的一枝鏡頭
總在場外
目擊現場如何發生
如何發光如何
快樂。比九十分鐘更長

有天，門啟時
晨風吹起夢境
他們再度掌聲相迎
陽光聚焦場內
某個細小像顆麥籽的身體：
鮮紅色的球衣、
雪白的球鞋黏著草味、
燙金的號碼。背後

III

曳出穗形的影子……
哨聲響起時
你發現在鏡頭下
奔跑的誰也不是
而是你的
一個人的在場證明

Blackjack

於是，我把兩年磅重的紙鈔
連同靈魂的二十一克
放進輕輕的行李箱
帶往同一國家的另一區域
儘管對於每個複雜的數字
沒有概念，對於P(x)
點數與點數的機緣
我試圖握緊於掌中
並沒有更多的緣故
不過曾聽聞一個傳說：
「Winner winner chicken dinner」
那裡華麗的佈景下

III

煙霧蠱惑了誰與誰？
某個穿上西裝背心的人
微笑懇切又狡黠
深綠的絨氈鋪陳桌上
他者和我一樣
入席，攤開靈魂
把生命切割成等份
換取紅綠相間的注碼
一張紅心七的撲克牌
與我不期而遇
下一個迎面的人
是嬌豔的皇后抑或
是頭戴金冠的君王？
今夜，我將傾心推算

III

每個三分之一的巧合
逐一掀開每張驚喜的臉孔
也許帶走更輕的行李箱
也許換成一場饗宴

那場仲夏酒宴

海風帶來邀請函
誰也忘了是誰的約定
儘管海風把鉛錨
吹往八方甚至更遠
我們沒有遺忘，也不缺席
那場仲夏酒宴
前後有致地揚帆回駛岸邊
你們總比我更早到達
慢慢釋手船舵，席地
在幼細而密的氈上
再無更多賓客
不過是寥寥的主人

是我們乾杯喝下
一把焰火
沙子與沙子之間存有空隙
靜候浪潮來襲、填滿
如我與你們在交遞的
酒杯之間
存有更多更多等待
等待濃烈的時光
等待未見底的生活……
那時，煙圈搭著煙圈
身體各自蒸發著
繁雜的海鹽
但汗水還是散出透明的
絕對的伏特加氣味

III

我們沉默在陽光裡
舉杯並拊耳傾聽——
每一幀藍色的
環抱海灣的夢境

傳奇儀式

終究誰也看不穿你的冷眼
不同於群眾的耐熱
夏夜，匆匆來得太早
時代並未隆重以待
你曾踏著一步一步的秘密
昂然臨進，又悄然匿身
藏起西伯利亞的傳奇
四壁之內沒有酷寒的佈景
以及遼闊的苔原地帶
只有斑駁衡宇，黏著幾隻雲雁
窗外的池水未冷，魚也未隱
尚有更多浮躁的風聲

但我還是為你找到
角落的長方紙盒
也許放不下琥珀與鳶尾
何況是龐大如此的身分？
可是我想，你也不甚介懷
南方的經緯從來有限
再大的庭園不及極地
再亮的街燈不如陽光
——你一直練習生活
眈著好奇，輕輕地擠身
陌生的城市地圖
回家以後，你忘了說些甚麼
或許也不打算露出破綻
每次嘶吼已是最華貴的

登場，始終要忠於血統
只有遺落地氈上的灰白
我撿起一片，凝視爐火
還有還有很多未融的本色

IV

起皺的海洋

親愛的，在時光的紙上
我們曾畫下小船，並以暱稱命名它
後來祂者將紙揉作一團
我仍不捨地攤開。船影隱然墨跡
平坦的海洋再也無法還原
雨水像透明的憂傷落下時
起皺的水紋，正在美麗

IV

填充題

兩個格子
擱在年輕的考卷
尚未填上，始終任何的墨色
那是一道詩的考題：
關於玻璃窗外，濕潤的隱喻
（沒有選擇供給我們選擇）
譬如關係。該如何註解
一起嬉戲、觀望與沉潛其中
——「深藍的遊樂園」
情話已比冰更加噤默
歧異的水紋湧來不斷
現在，我們一呼一吸

答案是否可以「海」「洋」指稱？
我在苦惱；你在發呆。

桌底沒有預先寫下關鍵詞
黑板的諭示被刷掉
黃昏，闔上了皴皺的
參考書。我不想胡亂猜測
像不過為了把背熟的回憶
安置在某某狀態
時光慢慢推敲，敲出雷聲
你交出滿滿心事
除了那一道謎樣的風景

三十年的批改，並不漫長
「深藍的遊樂園」還在

IV

鬧門前的梧桐花謝了，我們謝了
右上角的分數不重要
兩個格子，在那裡
沒說的話比誓言更對

IV

假若有黃昏的雨鞋

假若有黃昏的雨鞋
在時區的黏合處過路
水聲如歌，被兩種記憶唱誦
秘語本來叆叇
緣起六月的風季
複沓成詞：
一步一字綿綿，綿綿地
越海串起布滿塗鴉的巷弄
貫穿五行電線

卸除大衣的我，撐起雲朵
剩餘相隔的夢境附於兩頰
沿隨樹蔽、窪地與浮沫的韻腳

IV

聽，無非為了只走一遍的鞋聲
轉角迴環幾次幾次
在白天與黑夜之間——
這段關係是流質的
惟獨一次，給予
給予留心的花貓對位
聽只走一遍的鞋聲
夜將如百年絕響

摩托車上

窄小的世界是長長的風影
兩旁季節退得很遠
很遠。妳在鏡中
常有探問愛的口吻
綠燈時，總也言不及義
答案在下一個路口

你的隱喻終也不可思議

——致摯愛的S

水手回到堤岸
冬夜，試著述說湛藍的花季
握枕頭推磨，滴出無渣的日光
字成字，儘管成字
一則關於你的隱喻
終也不可思議。裸岩上
三千個蠣房挖空，辭彙晾成魚乾
塗掉如苔生的贅詞
存下木舵未朽。如是讀
讀不出浪浪音節

IV

與海上眩目的歧義
泡沫無法在陸地串成鮫淚
不如再次起航，這次往失語的彼岸
僅僅與你，與你相顧而笑

愛河

我在河岸偷光
讀妳的口吻
臉上泛起酥麻的水紋

晚安

伸臂向枕邊
把溫度圍成半圈
小貓悄悄鑽進
沿著虛線，習慣讓我以
滑落的吻合成圓
入睡時，她的夢土
定有絕美弧度

確認密碼

密碼：「……」
曾寫於另一個屬於你的房間裡
儘管言不及義

「忘了密碼是甚麼？」你說
無法登入那個
私密房間。四壁雪白的
房間匿 在心臟邊沿
燈火幽浮適於豢養異類
必然包括孤獨
和僅及設定的另一孤獨
再也容不下他者

IV

（以族群記名的他者）

「可還記得登入的帳號？」
想必你記得不過
遺忘那個密碼
曾經敦促你記下某組
相互戀慕的字元，以及符號
可能非常淺色
像一幀印象派的畫作

或許因由善忘或許
因由對信任的不信任而刷褪
我意有所指提醒你
可能不是提醒可能是

IV

懼於空置的愛
請拊耳近來，請你
聽，密碼是「⋯⋯」
改自記憶的造字本義

我們的影子

——致摯愛的 L

畢竟還有許多雪地蔓延
拔足的是我，想著狂奔
而冷風卻回頭
這時候終究仍會來去
又來，在有妳的影子

妳笑了笑，蹇默也許如我
拈手交臂已是小小的咖啡室
擁有陰晴、暖氣、空白
以及杯裡烘焙的時光
圍火靜坐我們慢慢地

IV

用手結繩，慎微但不經心
記下桌上絨質的夢境
摒除纏鬥的隱喻與言辭
沒有關係，沒有註釋，沒有……
於是，綁起每一節便完好
妳打開胸前的抽屜像我
溫柔地放置，關上
保管著妳的我的
留下的無非是影子

冬日遠方我們一同離席
咖啡室的門，半掩黃昏
各自背對石城和島嶼

IV

湊巧途經某個陌生的時代
——及時擦身，逆光難以凝視
自顧自地看，卻尚足以辨認
那些影子不曾潮濕、變味
（還有更多幻妙的顏色待解）
而冷風再沒有回頭
彼時有霧，隔海還有雨
我笑了笑，蹇默也許如妳

IV

後記

一、

「是否整個世界，海、天空、雲雨……是另一樣事物的隱喻？」——意大利電影《郵差》（The postman）

詩是一種感知，是從意象去看世界。

有機地結合主觀的情感與客觀的事物，構成意象，且鋪陳意象，營造意境，是詩之創造的必然過程。因此，「隱喻」（metaphor）的運用成為了詩中不可或缺的元素。「隱喻」之本源，在古希臘文中具有「轉換」的原意：「μετά meta」具有「之間」之意；「φέρω phero」則有「帶有」的含義。後來，衍生出現代希臘文「metaphor」，也就是「隱喻」的英文「metaphor」。運用「隱喻」，不只是造境的方式，更是詩人對於世界的感知。

茫昧迷惑的廿一世紀，訊息如潮，湧現於眩目的虛擬空間，溢滿真實的生活現場。塗鴉牆上交錯的圖文、訊息群組裡的絮聒、各種媒體疑幻疑真的新聞傳言；商廈玻璃牆外晃蕩的人影、瀝青路上紊亂的車輪輾痕、巷弄間秘靜的人文咖啡館……古老的天空下，眾星無語，喧譁的是滿城燈火。這個時代，斑斕迷人，是好是壞，卻無有定奪。而現在的所有事物，由誰創造？背後的意義，又由誰賦予？皆需要被每個人感知，被每個人思索，甚至需要以一個抽離的角度去還原或是轉換。

每個意象系統的設定，文本的創造，詩的完成，即為我對文明的一種新的「轉換」。這種詩意的「轉換」，是超現實而非超乎現實，是在現實的固有基礎上超越現實進而更合乎現實（真實）。我相信，親手摺成的紙船，細小卻龐大，可以容納我與更多人。每一個讀者隨詩出海，會獲得己身的美感經驗；隨詩歸航，將擁有對於世界的詮釋。

在相對中尋找絕對，以出世的態度入世。

如此設法超越時空寰宇，以審美的、純粹的、超現實的眼睛觀照萬物——以虛馭實，以實喻虛，這是我在創作中對「超以象外，得其環中」的追求和旨趣，同時是我的生存練習。

二、

及後我們回到窗前
排列罐子，置入
絕色的枝葉與足跡

慢慢地封蓋
並以陶文刻寫：
每一個彷彿眾神的名字
等待放晴的陽光
等待某個風乾的年分
我們在雨後
如何不是營役的臣僕
如何也非帝皇——
剎那如何是神（〈剎那如何是神〉）

人如何成為祂？每一個了悟「剎那」的我、你或他，終究是否可以成為祂？

記憶靜止了，涓涓的未知不斷流向自身。習字與書寫，引領我在時序中體認呼吸之間，乍現於零點零一八秒的「在」（presence）。《金剛經》說：「云何降伏其心？」詩，使我坦然自在，篤定而且安心。在繁囂嬲騷的生活中，保存一雙靈明澄澈的眼睛，學習感受無明的肉身；回歸內在的光，用詩的原始力量朗照存在。

《剎那如何是神》從探勘詩的本質與創作者的角色，到思索浮世眾生的喜悲，至紀錄生活的實驗、場景，以及對於情感的一些儀式——被詩所形塑的種種狀態，是己身對於世界的感知，源自本質的天問：「人如何成為祂？」。剎那，是富有神性的；創造，是無中生有。豢養自己的文明，而文明本身具備的歧義性，卻可指涉天地，甚至幽微的星際微塵。

三、

「沒有任何時刻比現在更為嚴肅。」——洛夫《漂木》

成書的此時此刻，不僅只達成了自己從小的夢想，或創作歷程上啟航的印證，更是對於創造之意義的彰示。此書所收錄的五十首詩，是我這四年以來的作品，有些擁有龐大的意圖，有些以慣技完成，有些是實驗性的作品等；它們或曾獲獎，或曾被刊登，或曾被閱讀，或曾被談論，或曾被闡述——全然來自我不同時刻的感知。每一則隱喻、每一行詩句、每一個文本，成為了窗前整齊排列的罐子，各自刻有獨特的名字，存放著微光的細節與生命的質地，紀念小城、島嶼、世界與宇宙的記憶與想象。每一個純粹的創造，我始終珍重眷惜，莊凝嚴肅地。

最後，感謝秀威出版社，出版並發行我第一本的個人詩集。感謝曾進豐老師，在我大學的過程中對我的啟導，也為此書撰寫推薦序。感謝詩人顏艾琳老師的肯定，並為此書推薦。感謝詩人謝予騰有力的推薦語。感謝《風球》詩社社長廖亮羽的一直提攜。感謝友人約翰悉心為此書設計、排版，成就了它外在的風格形貌。感謝家人一直給予的愛，母親的寬心，姊姊的相伴。感謝J，我們一直同在追求藝術與真理的路途上。感謝一起成長的好友們。感謝K的情誼與支持。感謝因緣。感謝詩。感謝我的每一位讀者。

時序無始無終，天地無量。我的存在是「一」，正如共生的每一個「一」，自爾獨化。我以冷的眼睛觀照寰宇，用熱的詩筆勾勒眾生。整個世界是一則詩的隱喻，一則詩的隱喻是一個世界——在這裡頭，無數的「一」，若是我若是你若是他者，各自擁有自己的絕對的感知。那是，奧密的靈性顯義。

二零一五年八月廿五日
香港

讀詩人77　PG1463

剎那如何是神

——曾魂詩集

作　　者　曾　魂
責任編輯　辛秉學
圖文排版　林士揚
封面設計　林士揚

出版策劃　釀出版
製作發行　秀威資訊科技股份有限公司
114 台北市內湖區瑞光路76巷65號1樓
電話：+886-2-2796-3638　傳真：+886-2-2796-1377
服務信箱：service@showwe.com.tw
http://www.showwe.com.tw
郵政劃撥　19563868　戶名：秀威資訊科技股份有限公司
展售門市　國家書店【松江門市】
104 台北市中山區松江路209號1樓
電話：+886-2-2518-0207　傳真：+886-2-2518-0778
網路訂購　秀威網路書店：http://www.bodbooks.com.tw
國家網路書店：http://www.govbooks.com.tw
法律顧問　毛國樑　律師
總 經 銷　聯合發行股份有限公司
231新北市新店區寶橋路235巷6弄6號4F
電話：+886-2-2917-8022　傳真：+886-2-2915-6275

出版日期　2015年12月　BOD一版
定　　價　250元

Printed in Taiwan

國家圖書館出版品預行編目

剎那如何是神：曾魂詩集 / 曾魂著. -- 一版. --
臺北市：釀出版, 2015.12
面； 公分. -- (讀詩人 ; 77)
BOD版
ISBN 978-986-445-077-0(平裝)

851.486 104025739

讀者回函卡

感謝您購買本書，為提升服務品質，請填妥以下資料，將讀者回函卡直接寄回或傳真本公司，收到您的寶貴意見後，我們會收藏記錄及檢討，謝謝！

如您需要了解本公司最新出版書目、購書優惠或企劃活動，歡迎您上網查詢或下載相關資料：http:// www.showwe.com.tw

您購買的書名：＿＿＿＿＿＿＿＿＿＿＿＿＿＿＿＿＿＿＿＿

出生日期：＿＿＿＿年＿＿＿＿月＿＿＿＿日

學歷：□高中（含）以下　□大專　□研究所（含）以上

職業：□製造業　□金融業　□資訊業　□軍警　□傳播業　□自由業
　　　□服務業　□公務員　□教職　□學生　□家管　□其它＿＿＿

購書地點：□網路書店　□實體書店　□書展　□郵購　□贈閱　□其他

您從何得知本書的消息？

□網路書店　□實體書店　□網路搜尋　□電子報　□書訊　□雜誌
□傳播媒體　□親友推薦　□網站推薦　□部落格　□其他＿＿＿＿＿

您對本書的評價：（請填代號　1.非常滿意　2.滿意　3.尚可　4.再改進）

封面設計＿＿　版面編排＿＿　內容＿＿　文／譯筆＿＿　價格＿＿

讀完書後您覺得：

□很有收穫　□有收穫　□收穫不多　□沒收穫

對我們的建議：＿＿＿＿＿＿＿＿＿＿＿＿＿＿＿＿＿＿＿＿

＿＿＿＿＿＿＿＿＿＿＿＿＿＿＿＿＿＿＿＿＿＿＿＿＿＿＿

＿＿＿＿＿＿＿＿＿＿＿＿＿＿＿＿＿＿＿＿＿＿＿＿＿＿＿

＿＿＿＿＿＿＿＿＿＿＿＿＿＿＿＿＿＿＿＿＿＿＿＿＿＿＿

請貼
郵票

11466
台北市內湖區瑞光路 76 巷 65 號 1 樓
秀威資訊科技股份有限公司 收
BOD 數位出版事業部

(請沿線對折寄回,謝謝!)

姓　名:__________ 年齡:______ 性別:□女 □男

郵遞區號:□□□□□

地　址:____________________

聯絡電話:(日)__________ (夜)__________

E-mail:____________________